中国国家话剧院
NATIONAL THEATRE OF CHINA

中国国家话剧院艺术丛书

《英雄时代》

创排纪录

中国国家话剧院／编

中国戏剧出版社
CHINA THEATRE PRESS

图书在版编目（CIP）数据

《英雄时代》创排纪录 / 中国国家话剧院编. -- 北京 : 中国戏剧出版社, 2022.11
ISBN 978-7-104-05148-0

Ⅰ. ①英… Ⅱ. ①中… Ⅲ. ①戏剧—剧本—中国—当代 Ⅳ. ①I230

中国版本图书馆CIP数据核字(2021)第208297号

《英雄时代》创排纪录

责任编辑：邢俊华
策划编辑：王松林
责任印制：冯志强

出版发行：中国戏剧出版社
出 版 人：樊国宾
社　　址：北京市西城区天宁寺前街2号国家音乐产业基地L座
邮　　编：100055
网　　址：www.theatrebook.cn
电　　话：010-63385980（总编室） 010-63381560（发行部）
传　　真：010-63381560

读者服务：010-63381560
邮购地址：北京市西城区天宁寺前街2号国家音乐产业基地L座

印　　刷：天津图文方嘉印刷有限公司
开　　本：787mm×1092mm　1/12
印　　张：10
字　　数：110千字
版　　次：2022年11月　北京第1版第1次印刷
书　　号：ISBN 978-7-104-05148-0
定　　价：138.00元

序一

话剧《英雄时代》：探索舞台艺术发展新业态的新创作

“力，形之所以奋也。”习近平总书记曾引用《墨经》中的话，强调科技创新的重要性，并将创新置于五大新发展理念之首。随着科技创新的不断发展，文艺事业的发展也将乘着科技的翅膀越飞越高。科技给艺术带来了更多的可能，科技与艺术的跨界融合，已经成为当下以及未来文艺创新的主要方向。

此前，中国国家话剧院参与《故事里的中国》《典籍里的中国》的创作，在电视节目中加入了戏剧表达，成功探索出了“影视 + 戏剧”的新形态。而此次创作的高清影像戏剧《英雄时代》讲述了人民公安的故事，塑造了公安干警的形象，在平凡中见伟大、在点滴中见真诚。作品在戏剧的基础上，融入了多机位、即时摄影、实时投屏等技术手段，实现“戏剧 + 影视”的跨界融合，让剧场中的每一位观众都能欣赏到演员精彩的表演，成为中国国家话剧院线上演出、线下演播“双演模式”的一种新探索。通过这样一种新的呈现方式，观众能够获得多角度、多机位、沉浸式的观演体验。同时，我们会推出互联网同步演播，线上观众可以通过家用设备，如手机、电脑等，戴上 VR 眼镜，达到和现场观众同样的观演效果。我们希望能够通过技术的不断普及，让更多优秀的话剧作品走出剧场，走进每一个观众的心里。

新科技的使用帮助戏剧进行更丰富、更深层的艺术表达，为戏剧人的创作提供更宽广的想象空间。剧院不断地探索文化产业发展的新业态，旨在推动话剧艺术在新时代的创造性转化和创新性发展，更好适应网络时代观众审美和观演需求，实现国有文艺院团在数字时代的“弯道超车”，希望《英雄时代》这次传统话剧艺术和现代科学技术的“激情碰撞”，能擦出不一样的火花。

2022 年金秋十月，党的二十大举世瞩目，习近平总书记在开幕会上的讲话字字千钧、催人奋进，举一纲而万目张。站在新的起点上，中国国家话剧院将一如既往紧紧围绕总书记关于文化工作的系列讲话精神，听党话、跟党走，增强文化自信、坚持守正创新、坚持以人民为中心，讲好中国故事，借科技之力探索舞台艺术业态创新，助力社会主义文化新辉煌。

田沁鑫

序二

《英雄时代》：守正创新，力求突破

2022 年 10 月 16 日，习近平总书记在党的二十大开幕会上所作的报告引发强烈反响。通过学习报告，我们能够更加真切地感受到中国共产党始终澎湃着的自信自强的跃动脉搏和昂扬着的奋发奋进的崭新气象。党的十八大以来，以习近平同志为核心的党中央高度重视文艺工作，作出一系列重要决策部署，我们也迎来了国家文艺繁荣发展和奋力进取的崭新时代。国有文艺院团是繁荣发展社会主义文艺的中坚力量，中国国家话剧院作为其中的一支重要队伍，始终牢记自己的使命和担当，近些年来，一直以创作体现国家水准和民族特色、具有国际影响力的优秀舞台艺术作品为己任，紧扣时代脉搏，力求传统与现代相结合，在艺术领域不断寻求创新与突破。

作为剧院首部高清影像话剧，《英雄时代》想做的是守正创新、力求突破，以艺术为根、向科技借力，将自身打造成一部兼具思想性和艺术性的精品。《英雄时代》所要表达的是，在社会主义新时代，我们幸福生活的背后，是一群默默无名的英雄在替我们负重前行。公安干警穿上警服是人民财产安全的守护者，脱下警服便和我们一样，都是普通人，是父亲、儿子、母亲、女儿。借由这部剧，观众会发现新时代人民警察的形象，虽然高大，但其实离我们也很近，也许就在我们身边。今日之中国，爱国主义、集体主义广为弘扬，崇尚英雄、尊重模范、学习先进成为风尚，人民思想觉悟、道德水准、文明素养不断提高，我们希望通过离观众更近的表现手法，传达正能量，深化爱国主义、集体主义、社会主义教育，为促进向上向善培植深厚土壤。

未来，中国国家话剧院将继续坚持“以人民为中心”的创作导向，传承剧院优良传统，遵循话剧艺术创作的本体规律，夯实业务能力，研究新时代文艺工作的新特点、新规律，努力构建“线下演出、线上演播”双演融合的行业新业态。相信，在以习近平同志为核心的党中央的坚强领导下，自强自信、踔厉奋发、奋勇前行的文艺队伍，将会用更多优秀的作品向人民交出一份满意的答卷。

巩保江

目录

主创谈

编剧导演谈

对警察，从陌生到敬畏

编剧 慕星

看到警服，看到警察，你的第一反应是什么？

尊敬？有距离感？或者，有点畏惧？

在写《英雄时代》之前，我对警察几乎一无所知，对警察这一职业的感觉，也大体如此。但在接触过许许多多的警察，完成这部剧创作后，再看到警服，我的第一感觉是亲切、温暖、开心。看到社区警务室，看到任何一个警种的警察，都觉得踏实、可靠、安然、舒适、快乐，是我最可放心亲近、可付热情、可托肝胆的人。

有这样一群人，他们替我们面对黑暗和罪恶，把我们挡在他们身后的阳光里。他们并不可怕，也不无情，他们跟我们一样平凡、一样有血肉、一样有情性，他们并不天生就比我们强大，但却不负使命，守护在我们身边保护我们，替我们解决问题。他们的日常工作，就是做英雄。我之所以写这部剧，最想要的便是将我的真切感受传达给更多的人。

这个戏突出的是“大事件 小人物”。一群不同警种的普通警察，每个人都只是做好自己的工作，在一个普通甚至无聊的夜晚，他们倾力付出甚至不惜牺牲，换得百姓的安全和城市的安全。这是戏剧里的一个夜晚，但在现实生活中，不知有过多少个这样惊心动魄的夜晚。我们只是被保护惯了，从不在意。

在创作的时候，我因设计了一个警察把商场普通百姓换出去的情节而惴惴不安，总觉得这样是不是

太过戏剧化，不真实。当我采访刑警王睿达的时候，我事先并没有和他讲这个情节，而是把这一问题抛给他，问他："假如真遇到这种情形，你是指挥者，你的第一反应是什么？"他回答："召集附近所有的警察进去，能换出多少群众，就换多少出来。"我反问他："这样难道不会把您的同事、您的兄弟置于危险之中吗？这可能要牺牲的啊？"他很诧异地看了我一眼，说："做警察，连这点觉悟都没有的话……"

我想我已经不必说更多了。还有多少职业，是可以这样毫不犹豫地把自己的生命挡在别人生命前面的呢？假如这部剧还未能让大家感受到我所感受，那全是由于我能力不足，只能尽我余生所能，继续努力。

慕星

1000 多个日夜，创作国话首部 NT Live*

导演 白皓天

致敬人民警察，讴歌英雄

有这样一种职业，面对生活和家庭，他们可能是父亲、母亲、儿子、女儿……穿上警服，他们只有一种身份——人民警察。他们以身躯直面暴力，用专业解除险情，保一方百姓安宁，护国家安全，用行动兑现了“人民警察为人民”的承诺。《英雄时代》讲述的是公安干警在工作和生活中鲜为人知的故事。展现人民警察的英勇形象，讴歌英雄，是这部作品创作的初衷。

这部戏自 2018 年开始筹备到拍摄，已经走过了三年多的时间。为了更加真实地展现公安干警的工作和生活状态，剧组多次到基层派出所实地考察、观察、记录人民警察的工作状态。我们还走访了一些公安职工家庭，去采集警察背后的冷暖故事。通过聆听和了解警察们的故事，到警队采风和体验生活，我也感受到了人民警察背后的汗水和付出，他们值得我们去敬佩和歌颂，也更加坚定了我要把这个作品排好的信念。

* 注：National Theatre Live，即英国国家剧院现场，剧院通过高科技手段对戏剧现场演出进行高清拍摄与传播。

话剧艺术 + 影视语汇，全方位展现舞台魅力

作为剧院首部高清影像话剧，《英雄时代》在舞美、拍摄等方面也力求突破，守正创新。这部戏的拍摄手法大量借鉴了田沁鑫院长作为戏剧总导演参与创作的《故事里的中国》以及《典籍里的中国》的

表达方式，将舞台的戏剧语言与影视的拍摄语汇相结合，是一种全新的舞台呈现方式。不同于以往话剧的现场拍摄录像，《英雄时代》完全运用了影视语汇，采用多机位、多景别的拍摄方式，但是内容和舞台呈现还是戏剧的形式，这是一次全新的探索尝试。

这部戏的舞台呈现，我们力求将艺术与科技有机结合在一起。创作团队和技术团队相互沟通、配合，最终呈现在舞台上的是极具现代化的舞美，我们设计了环绕式旋转舞台，不同角度的数面多媒体投放的屏幕和冰屏。我们在舞台上安置了多角度摄像头，并以即时拍摄的方式将演员的表演和表情呈现在大屏上，打破了以往传统的观演关系，让观众跟随戏剧情节的情感跳进跳出，时而激动紧张，时而有一种渐离感。《英雄时代》还采用了舞台时间与现实时间同步的方式，从观众走进剧场、观看演出到离开剧场，现实中的时间和舞台上的时间都是一致的。艺术 + 技术 + 非常规的舞台时间表达，为这部戏注入了极具新意的科技感元素。

创作有血有肉的主旋律作品

《英雄时代》是一部公安题材的作品，中国戏剧舞台上很少有表现公安题材的话剧作品。虽然是主旋律话剧，但在创作过程中，我们希望有温度地展现有血有肉的人民警察形象，但他们也是普通的人，面对危险也会害怕，是责任和担当使得他们选择克服内心的恐惧，去正面对抗邪恶势力和犯罪分子，保护人民。

在排练中，每一位演员都用心揣摩角色的心理活动和逻辑，剧本也经过多次修改和完善，希望最终通过舞台和镜头语汇，展现新时代人民警察的精神风貌。他们是剧中一个个鲜活的人物，也是现实中坚守在工作岗位的千千万万人民警察。“天地英雄气，千秋尚凛然。”赤胆忠心，汇聚了无数英雄故事；铁骨铮铮，铸就了这样的英雄时代。

作为一名青年戏剧人，作为一位文艺工作者，我期待线上高清戏剧影像的全新表达方式能够吸引更多年轻的观众走进剧场。希望能通过自己的努力，让更多的人关注中国戏剧，让中国戏剧走向更广阔的舞台。

戏剧＋影视
全新呈现

24 块冰屏，以科技助力舞台

舞美总监、舞美设计 刘科栋

作为一名舞美设计，我一直都有个心愿：把剧场空间完全暴露在舞台上，让舞台空间成为戏剧空间。感谢《英雄时代》给了我这个机会，实现我多年来的心愿。这次我把原来幕布遮掉的剧场结构全部裸露在舞台上，包括吊杆系统、升降台，以及升降台底下运行的电机、通道、顶棚等，让观众一览无余地看到剧场的真实结构。剧场建筑结构与戏剧舞美，形成巨大的合体，为戏剧作品提供更广阔的创作空间与戏剧空间。

在《英雄时代》这部作品中，我希望能够营造多元、复杂的时空，在戏剧表达的两个小时里，让过去、现在、未来构成“平行时空”。这部戏场景多，节奏快，因此无须设定一个具体的环境。我在舞台上尝试做了一个巨大的意象空间，整个结构如九宫格魔方。运用转台，将这个魔方变出不同的场景，有商场、警察局、拳击馆、设备间、街道等不同场景。

剧本中有一些与高科技、数字信息相关的犯罪情节，我在创作的时候想营造充满科技感、现代感、赛博朋克气质的舞台氛围，像电影《头号玩家》《攻壳机动队》里的未来城市的感觉。由于这部作品是一个纯戏剧化、高度假定性的想象与表达，我大胆使用了冰屏，让多媒体也展现出多元性，既可以显示广告牌、浮动 LOGO 等符号，营造高楼林立的感觉，又可以通过管道的局部特写、配合灯光，营造阴暗、危险的区域，还能够随意切换拍摄的录像素材、即时摄影等内容。冰屏由于其材质的特性，具有一定的

透明度，在空间上产生内容，又能够与空间结合起来营造出多元、复杂、虚幻、叠加等错综复杂的感受。

这部戏要求戏剧时间与现实时间保持一致，我们在剧场设置了很多摄像头，观众自进剧场后的所有行动都会被摄像头采集，落座后能够在大屏幕上看到自己和别人的影像，体会戏中的时间进程。这样的设置是在模拟我们当前城市中大量摄像头监控着城市各个角落的场景。我们无从知晓被采集到的视频会在哪里播放，是否联网、是否被其他人关注。这部戏的空间也是如此，你在关注着别人，同时也被别人关注着。

牵一发而动全身的舞台视觉

视觉总监、灯光设计 孔庆尧

《英雄时代》跟国话之前的戏有很大的风格差异，故事背景是一个虚拟空间，有大量科技元素，舞美、视觉效果都展现出时尚性。舞台是一个三层楼的转台，再配合其他车台、大屏，会有丰富的不同组合。所以变化是这部戏非常重要的一个点，不断尝试不同的角度，就能创造出有意思的调度和空间场景。考虑到特殊性，我们在排练过程中使用了新的模拟技术，利用计算机软件、舞台模型、人物、视频画面，全都在一个空间里模拟出来，1∶1 还原了舞台。演员按照 1∶1 的大小出现在模型里，他们能更直观地知道自己的站位，以及周围环境，能更清楚地认识当下的空间，对他们前期排练有非常大的帮助。

这部作品仍然是部舞台剧，要让观众感受到其舞台性。一般影视灯光考虑人物的照明，但戏剧灯光更多偏向于情感表达和氛围的营造，光影的对比是非常大的。我们希望它有戏剧感觉在里面，但也要确保它的影视拍摄，别太过于夸张，要处理好这两者之间的平衡关系。

这次舞台设计是楼体框架，相当于在铁框架内用灯区分各个空间，通过光、色调去表现室内、室外的时空。用光来划分演区的难度是很高的。例如，如果想让 3 楼的某个角亮，很难做到。因为只要一给面光，2 楼全都亮了，所以更多是借用侧向的光做一些局部的处理。但是单单侧向的光，面光又会偏弱，所以还会加一些面光。在人物塑造上，这部戏是一部刻画英雄人物的现实主义题材的作品，灯光整体会营造一种现实的光源环境，但是在人物内心刻画上，会用到特殊的人物造型光。如剧中为保护百姓安全

而牺牲的胡安全，需要单独照光，刻画其英雄形象；而倪大红老师扮演的角色是一个坏人，就要用特殊光源刻画出人物的造型感。

《英雄时代》使用了24块冰屏，从设计的初衷来讲，突出时尚感，而且多屏幕可以帮助舞美做空间上的转换和切换。本剧使用了很多即时拍摄，我们安装了多个摄像头来模拟现代刑侦安防监控系统。每一个监控的画面都是一路信号。此外，现场还要处理很多素材。视频制作是素材，现场拍摄的画面也是素材，这些素材要在24块冰屏中有序呈现。24块屏幕进了24个信号，要同时分区域把它投出去，这是我们拍摄过程中要解决的技术难点。

《英雄时代》的技术难点非常大，大量应用了视频的元素，而且需要与复杂的舞台结构结合，牵涉到各个不同工种，比如现场拍摄、视频画面制作、现场播控。牵一发而动全身，细小的变化都会影响到整体的效果。技术和艺术是非常紧密的，出现新的技术手段和呈现方式，新的形式也随之带来。这里面有太多不确定性，处理得好则会出现非常有意思的创新点，随着我们对整套系统的应用、对架构熟练度的提升，将来这个戏的上升空间非常大。

11台摄像机，全方位展现戏剧空间

影视导演 宋成

作为国内首部高清戏剧影像的戏剧，我很荣幸能够参与国家话剧院《英雄时代》的录制工作。国家话剧院开拓创新，勇敢地迈出第一步，在国内进行高清戏剧影像的创作，这种魄力与胆识令人敬佩。

此次在《英雄时代》这部作品中，我们大胆尝试用影视化的拍摄方式，打破舞台与影视的壁垒。影像与演出之间最大的不同在于镜头无法通过电脑屏幕或电视机把现场的气氛传达给观众，影像缺少现场的感受力、舞台张力。但现在的观众已然习惯观看电影、电视作品，为了顺应当下观众的视觉习惯，我们用影视化的拍摄手法让观众感受舞台现场的戏剧张力。在这次拍摄过程中，我对自己的要求是希望能让观众时而忘掉舞台，时而又感受到舞台。

目前国内有很多舞台剧作品已经有了录像带，但大部分都是简单的固定机位录制。这次拍摄，我们最多的时候用了11台摄像机，最少的时候用了3台摄像机。在视觉呈现上，我们有三种不同的视角：第一是固定机位的第三视角呈现；第二是进入场景中的中近景以及特写镜头的电视视角，可以从扇面的角度欣赏；第三是监视视角。我们在舞美的不同楼层、不同角落安置了多个摄像头，这些摄像头既是模拟公安的“天眼系统”，作为一种监视视角向观众展现剧中犯罪分子的行动，同时又能与剧情产生互动。

《英雄时代》的舞台设计得非常精彩，我们希望能360度全方位地展现舞台的特殊性。这部剧的

舞台是一个三层结构的立方体，另外剧场建筑本身的二层、三层楼的马道也纳入了舞台空间。本次在剧场空间中拍摄，我们特意使用了航拍机拍摄舞台旋转的画面，以旋转视角完成不同空间的穿越。另外，剧场的马道在剧中也承担了一定的表演空间，狭窄的过道、错综凌乱的线路，很贴合剧中犯罪分子在商场中的隐秘空间，于是这里就成为倪大红老师第一次出场的地方。剧中倪大红老师所处的位置是在舞台的高点，与观众席之间有落高差，这里是观众的视角盲区。于是我们采用了即时摄影的手法，将倪大红老师的特写镜头即时投射到 LED 大屏幕上，从而制造紧张压抑的现场情绪，并让观众更直接欣赏演员的表演。

舞台剧是现场的艺术，要求演员要对现场有足够的控制力，他们的肢体动作和台词语言也会更夸张。而影视表演需要突出细节、表演更细腻。在拍摄近景的时候，我们会提醒演员们弱化舞台表演痕迹，尽量达到近舞台又近影视的表演状态。难能可贵的是，《英雄时代》邀请了刘佩琦、倪大红、韩童生、辛柏青、李光洁几位表演艺术家同台出演，这是很难得的一次合作机会。无论是舞台剧还是影视剧，这几位老师都有非常丰富的表演经验，他们都能够掌握不同场景的表演分寸，准确把握表演尺度。

在音响的配合上，我们进行了分轨录制，单独收录演员的声音。为保证演员台词的清晰度，我们在后期剪辑阶段再合成背景音乐及音效。在灯光设计与使用上，一般的舞台灯光主要营造整体的场景与氛围，但该剧舞美是一个三层高的九宫格立方体，很多光源与光线会被冰屏、楼层遮挡。于是我们就借助舞美各个边框的 LED 灯，以及剧场本身的光和线条，以加深整个灯光的层次，把传统平面舞台变得更立体。同时，为了照顾影视化近景及特写镜头拍摄，我们进行了人物面光、轮廓光的补充，既保证演员脸上正常曝光，又保证剧场舞台全景的色彩与亮度。

作为一名戏剧迷，我认为这部作品具有一定的突破性、前瞻性和互动性。此次《英雄时代》的拍摄，将会是中国话剧发展历程中的一次新的探索与创新。

打造人民英雄形象，为人民警察点赞

服装设计 芦春伟

《英雄时代》是一部反映人民公安干警工作和生活的话剧，这部剧充分展示了人民警察的英雄形象！我接到剧本后，为做好本剧人物的服装造型收集了很多资料，并进行了人物服装设计及人物形象的延伸，以期在很短的时间里，尽量完美地将人物形象呈现给观众！

此剧在人物服装色彩上体现出不同于以往话剧服装设计的思维。剧中出现大量的制式服装，制式服装通常是藏蓝色 + 蓝衬衫等搭配，服装色彩基本为大面积的深色色调，威严庄重。剧中穿着普通生活服装的人物，在设计上色彩则是简洁雅致，在不同色调的服装色块上加以冷暖的变化。如剧中人质和商场人员的服装，更多要考虑相同场景的人物关系及色彩的互相搭配。

剧中需要出现不同警种的制式服装。虽然本剧是舞台剧的表现形式，但最重要的是要做到服装设计准确到位。不同的警种有不同配置，警服也有不同场合的配置。剧中涉及交警、骑警、刑警、民警、特警、防爆警，服装款式有警察常服、作训服、防爆服等多种款式，要在有限的时间里尽可能把不同的具有代表性的特色表现在剧里。例如，交警我选择了交警执勤时的银光绿反光风衣，交警里穿插了一些男女骑警，男女骑警搭配的是春秋季的服装配置，这个配置更加漂亮，色彩更加搭配。导演在讲述关于交警、骑警工作情节时的表达非常巧妙，用一段舞蹈表现他们在疏导拥堵现场的工作，整体效果非常好，同时也带动了观者的情绪！

扮演特警的演员都是男士，每个角色都配置了特警作训服，另有防弹背心、头盔、半指手套、护具等各种配饰。每个特警的形象英姿飒爽，完美地展现了特警的威武无畏。

为了解救人质，拆除炸弹，剧中的一位拆弹专家穿着厚重的防爆服进行拆弹工作。通过一些电视节目的介绍，我们对防爆服有了一些了解。防爆服是具有防爆功能的衣服，它里面有钢板，衣服本身自重大。真正的防爆服并不适合表演，怎么把它做得既逼真又符合舞台表演的要求呢？如果太过逼真，失去了表演功能，就没有办法行走、爬行。于是我们做了改进，不塞钢板，把头盔缩小，这样方便并丰富了演员的表演。

剧中有一位不畏强暴的优秀老民警老胡，每天他巡逻在大街小巷，行使着民警的职责。老胡身穿一套警用春秋夹克执勤服，从而打造出符合其干练、富有责任心的老民警形象。剧中高潮时，老胡为了救人质，保护整个商场的人，勇敢地与穿着炸弹衣的制毒犯罪分子同归于尽，英勇牺牲！老胡代表着英勇无畏的公安干警高大形象。在故事的最后，老胡穿着一套警察常服戴着大檐帽向大家敬礼致敬。

《英雄时代》中所有的警用制式服装都呈现出了一定的质感，更多地注重服装细节，所有的警察形象都得到了服装语汇的完美诠释。

作为一名优秀的舞台人物服装造型师，必须考虑服装的作用：要服务于表演，便于演员的表现，便于剧目《英雄时代》的完整展现。为《英雄时代》点赞！

从戏剧到镜头的勇敢“破圈”

化装设计 刘恋

原创话剧《英雄时代》是一部致敬英雄的作品，致敬那些热爱祖国，不惧危险且不惜生命去保卫人民群众的公安干警们。用一起暴力事件关联了公安机关的指挥中心等各部门和刑警、特警、民警、交警等众多岗位人员，一同协作与匪徒斗智斗勇。在人物造型方面，力求着重体现公安干警们的精神面貌，并深度体会剧本对角色的性格刻画，还原与之相符的人物形象。例如，王二达这个人物的“文气”，用一副眼镜去打破和柔化演员自身面部轮廓的硬线条；女骑警筱娅性格中的坚韧和雷厉风行，我仔细研究了演员的面部特点，决定通过改变她的眉毛形态来加重眉眼间的硬朗度，提升面部整体的英气感。剧中的头号大反派魏海山，初版剧本中描述的这个角色的人物感觉偏“洋气”，随着排演阶段导演和演员对角色的深入探讨，剧本不断的修改完善，我对此人物的造型方案也是前后调整了好几版，最后展现出来的人物感觉“匪气”更多，红口罩是亮点！另外，剧中还出现了很多生动的人民群众的形象，如老师、保安、小偷、青春期的叛逆少女等，造型上都有着鲜明且具典型性的个人特点。

这次《英雄时代》的拍摄录制，对于化装造型部分是有突破和挑战的。本身舞台妆和影视妆还是有本质的不同，从妆效的表现手法到化妆技巧的运用方式都有很大差别。这次通过两种造型手段的杂糅，从不同纬度对角色形象进行塑造，就更加要求化装部门要突破以往的固有思维，敢于“破圈”。明确化装造型方向和表现手法，不但要体现出大时代背景下一线公安干警们的职业特点和精神面貌，还要打造出极具角色个人化的鲜活的人物形象。从造型理念的转换到后来实践到拍摄过程中，再到监视器前画面的效果，人物造型的夸张度，妆容的浓淡程度，面部轮廓的立体感，等等，我们反复尝试，不断调整，直至达到最佳效果。

每一遍走戏都是玩真的

音响设计 王子春

《英雄时代》这部戏的创排挺特殊的，整体成型的过程比较缓慢，我们看完剧本以后提前做了预案和想象，给出各种各样的可能。舞台版、影视版的声音呈现以及听感是不一样的，影视有影视的，舞台有舞台的，声音的空间感、纵深感都不太一样。它更偏向影视，还是更偏向舞台，是夸张，还是写意？比如最后的爆炸，影视上可能会有车水马龙、办公室复杂的环境声音，但舞台上需要更干净，也许就没有这个声音了，可以用比较写意的方式来处理。

以往的话剧，两个不同的声道播出去叠加就足够保证演出效果了，但是这次远远不够，现场听到的声音是三个笔记本同时进行多轨放送。比如第一层是环境声音，第二层是效果声音，第三层是效果叠加声音，第四层还有音乐。所以我们有很多输出，同时合成在音箱里成为听到的声音。

声音部门与戏剧的演出关系非常紧密。比如演员说的台词忽然晚了一点，现场改动多说两句，看似简单的改动，但是在声音播放工程里涉及几十个声音的逻辑关系。我们需要在每一次演员上台时用一两分钟调整。比如忽然加一个机器人，从无到有的声音都要装上，而且要把播放的声音逻辑顺序在一两分钟试拍的时间内迅速调整到能录制的状态。这次录制挺满意的，声音部门同事特别给力，导演和大家都没感觉到声音有任何卡壳。其实，我们是在这一两分钟里疯狂地操作才保证了这种状态。能够做到这种程度，是因为我们在排练厅时做了大量声音预测。声音有几类：一类是环境音，就是为了影视化的模仿，

比如工业感的底音，电梯机械的声音，这些东西都是描述环境的。还有一类是即兴的音效，比如互相打拳击时的动作，机器人操作、拆弹的声响，需要吻合实际发生的情况。此外，是音效的音乐化。比如爆炸时有很多音乐性的音效铺上去，把爆炸铺到顶点。例如，工业环境的声音听起来感到一种压抑，其实分了很多细节，包括莫名其妙的机械响动、一些晃动的铁片的声音，里面有节奏性的音乐色彩的包装。我们做了 300 种音效可能只用了 200 种，如果没有提前做大量且充分的准备工作，现场可能会出现各种状况。

我们用了很多音频插件，让声音进行各种变形。以往演出一台声卡就够了，这次有三台声卡，几个笔记本电脑。声音的制作是按照影视声音逻辑思考的，并不是话剧的声音逻辑，所以这次可以反向验证未来的音响在话剧舞台上还有什么新的可能性。

一次探索、一次突破、一次创新

副导演 李建鹏

我们这部戏叫《英雄时代》。什么是英雄？从字典中我们可以查到，英雄是指“才能勇武过人的人”，或者是指有“英勇品质的人”。当今社会对于英雄的理解更多的是无私忘我、不辞艰辛，为人民利益而英勇奋斗的令人敬佩的人。《英雄时代》表现的正是当下现实生活中，人们身边的平凡的英雄，但是他们有能力和勇气做出对人民有意义的事，而我们的《英雄时代》恰恰展现了这样一群普通人，他们彼此是父女、是战友、是姐妹……是有着各种各样生活关系的人。他们在平凡的岗位上做出了不平凡的事情，他们挡在了人民群众的前面，把自己所有的生活缩小，真正把人民利益摆在了前面，这也是我对“英雄”的理解，也感谢我们身边无数的平凡英雄默默的坚守和付出。

这次做副导演，收获满满。在创排过程中，我也认识到，剧院作为一个艺术生产单位，需要演员在排练中快速理解导演的构思、思维和排练方式。导演和演员的关系是一种镜面关系，导演要把控演员的表演是否适合这个戏，而演员也需要信任导演，把自己先交给导演。我在排练中做得更多的是在这方面融合大家，把自己作为一个衔接点，来协助白皓天导演把戏脱离剧本阶段，最终树立在舞台上。虽然这个过程很累，但是结果还是让人十分开心的。戏剧的排练演出就像挖隧道，在漫长的创作过程中，有修改、有调整，甚至有推翻，但是当隧道挖通的时候，之前所有的辛苦就都过去了，因为光明已经在眼前。

30位演员全情演绎

向每一位
奋战在一线的公安干警致敬

刘佩琦

话剧《英雄时代》是剧院首部 NT Live，是在戏剧舞台的基础上，采用影视拍摄的方式录制的高清戏剧作品。在录制过程中，通过摇臂、滑轨、全景、近景、特写等镜头，多机位、多角度、多景别对戏剧作品进行全方位的呈现。与传统的戏剧创作相比，这是一次全新的尝试与探索。

我在《英雄时代》里饰演了一名即将退休的老警察胡安全。他一辈子值守在街道派出所，为这里的百姓守卫安全。五年前，在他生日的当天，因为喝醉而耽误出勤，第一天出警的徒弟阿亮便替他追捕重大犯罪分子魏海山。阿亮的身体被子弹打穿，仍拼命死踩油门开车紧逼魏海山。魏海山侥幸逃脱，逍遥法外，但阿亮却成为植物人躺在病床上。对此，胡安全心中充满亏欠，不愿意再过生日。五年后，魏海山再次出现在他的管辖区域内，并绑架他的另一名徒弟王二达作为人质。胡安全为了解救王二达、替阿亮报仇，冲在一线与魏海山智斗、勇斗，最终用自己的身躯挡住了最后一颗炸弹，与犯罪分子一齐倒在血泊之中，光荣牺牲。他的身上凝聚了全国公安干警无私的奉献精神。

我身边有很多公安战线的朋友，通过观察他们的工作和生活，深切感受到这个职业的艰辛与不易。作为一名国家公职人员，要时刻坚守在第一线，以确保国家机器的正常运转，确保人民百姓的安居乐业。即使在过年过节的节庆日子里，他们也很少有时间休息、陪伴家人，值守在各个岗位上默默奉献。当看到他们的工作不被人理解，我着实替他们感到委屈。警察不仅仅是钢铁战士，也是一个普通的人，也有

自己的亲情、友情。有时他们的工作不仅不被理解，还要把自己的一切奉献给国家、奉献给社会。他们的这种委屈与坚持，是我感同身受的。在这部作品中，我们没有一味地去展现公安干警的工作状态，而是增加了公安干警的家庭生活。胡安全既是一名人民公安，也是一位普通的父亲。通过他与女儿胡筱娅的情感关系，丰富老警察的人物形象，更加全面、准确地塑造了真实可信的公安干警形象。

《英雄时代》采用线上演播与线下演出两种模式相结合：线上演播用观众熟悉的镜头语言详实地呈现演员全方位的表演；线下演出用立体、生动的舞台空间，带给观众强烈的撞击感。这其中涉及戏剧表演与影视表演的尺度问题，此次高清戏剧影像录制是用镜头呈现话剧作品，演员要在戏剧表演之上控制自己在镜头面前的表演分寸。如果延续舞台表演风格，肢体语言就略显夸张，如果用影视化表演，容易留下一种刻板的印象，略显生硬，所以在表演上会有所区别，微调表演的分寸与尺度。

据统计，2020 年我们全国每天约有 1.1 名公安干警因公殉职。2020 年共有 480 名公安民警、辅警因公牺牲。近 10 年，共有 3773 名民警因公牺牲，5 万余名民警因公负伤。这一组带着鲜血的数字，深深打动了我。《英雄时代》这部作品并不是歌颂某一个警察，而是为奋战在一线的全体公安歌功立传。希望能通过这部作品，向新时代战斗在第一线的公安干警表示崇高的敬意，也希望通过这部作品告诉全国广大观众：“警察这一职业是值得敬畏的，他们身上的无私奉献精神更值得学习与推崇，他们的生命结点，不该是自然生命的终结，而应是精神的永存和灵魂的点燃。”敬畏那些和平年代付出生命的英烈，他们的名字、他们的事迹将永远铭刻在人民心中，同为新中国成立而牺牲的英烈一样，永远牢记在人民心中，植根在人民的心田。

戏剧是我的土壤

倪大红

1986 年，我毕业于中央戏剧学院。同年，分配到中央实验话剧院。到剧院后，我演出的第一部戏是喜剧《哥们发财记》，后来参与过孟京辉的实验戏剧《阳台》《臭虫》，还和林兆华导演合作过《罗姆路斯大帝》《哈姆雷特》《浮士德》，也曾经看过林导的《绝对信号》。当时，实验戏剧的浪潮席卷中国大地，一下子为我打开了视野：戏剧还可以这样做，戏剧还可以这样演。我很喜欢当时看到的一切，并且愿意接纳，也逐渐在其中找寻到适合和属于自己的表演风格。

1999 年，我参与了《生死场》的创作，在其中扮演“二里半”这个角色，也遇到了博古通今的田沁鑫导演。那部戏里使用了许多戏曲表演的方法，同时，导演也给了我很大的表演和发挥的空间。二里半这个角色腿本来就不大利索，拿到角色后，我回想自己记忆中积累的形象，想起一些和自己有过接触的、自己看到的以及 1976 年、1977 年在东北下乡插队时那些穿着棉裆裤的老农民形象，就有了自己对二里半的塑造。我觉得，塑造角色是创作人感知的东西，就表演来说，创作者有很多经验的把握和释放在里面，不是 1+1 必须等于 2。作为一个演员，我很喜欢即兴的表演，用真诚的态度，与自己所要塑造的角色去碰撞和产生共鸣。

2006 年左右，我开始逐渐走向荧屏，从舞台剧到影视作品，我尝试参与各种类型的表演与创作，生活的积累、艺术的经验都在岁月的磨砺中渐生，这种表演的释放也逐渐被观众和同行们认可。在这个

过程中，“戏剧是我的土壤”，我喜欢舞台的千变万化、丰富多样，也做过很多尝试，还想去探索更多的可能。

就像这次的《英雄时代》，它是戏剧和影视结合的尝试，整体使用的是影视的方法，但没有办法离开舞台。白皓天导演把整个舞台全部打开了，舞台置景只有一个三层的旋转舞台，剧场的其他一切包括灯光、楼梯、过道都大胆地为表演所用，这样的创作让人觉得非常酣畅。同时，这是一个反映公安干警的工作和生活的题材，我在戏中扮演反面角色“魏海山”，我们用这部作品致敬警察、致敬英雄。通过还原一个个生活中的警察形象，我们会感悟到英雄都是在小事情中成长起来的，英雄也是普通人，但是他保护人民，警察的职责始终在他们内心，所以当危险和灾难来临的时候，他们总是冲在最前面，这就是百姓心中最可亲可敬的“英雄”。

这次的创作是我第一次在话剧舞台上扮演反面角色，我将仍然以纯净之心、平净之心给角色最深入的思考，同时又回到最简单，努力和大家一起讲好这样的一个中国故事。

用光荣与使命
扛起生命的重任

韩童生

我在剧中饰演的是一名公安分局的局长——郑局。公检法系统的角色对我而言并不陌生，虽然我的戏份不多，但我非常喜欢这个角色，而且这部作品也给我留下了很深的印象。在恰逢建党百年的重要日子里，能够参与这部公安题材，表现默默无闻奉献在一线的人民公仆，是我的荣幸。剧中的郑局，是公安分局的局长，也是抓捕犯罪分子魏海山行动的指挥者。五年之前，在抓捕魏海山的行动中我们的一名优秀的警察同志中枪成为植物人。因此在这一次与魏海山的交锋中，我的每一个决策、每一个命令，都更要谨慎、更要有的放矢。警察虽然是保护百姓的金钟罩铁布衫，但他们同时也是一个个无铠甲护身的个体，他们有自己的家人，他们是父亲、是儿女……他们的生命也需要得到尊重和保护。郑局既承担着保护一方百姓生命安全的责任，也承担着系统内不同警员生命安危的责任。参与这部作品演出，很高兴能与刘佩琦、倪大红、辛柏青、李光洁几位老朋友同台，让我回忆起我们以前在一起拍戏的好时光。

《英雄时代》这部作品创新地使用了“戏剧＋影视”的拍摄方式，这种创新值得肯定，既保留了舞台艺术的现场性魅力，同时又兼顾了当前影视剧的镜头语言，符合新媒体的传播推广和大众的接受习惯。我认为，这是对舞台艺术的一次革新与进步。

舞台于我，是造梦的地方

李光洁

“他们在舞台上是放着光的”

舞台之于我，是个特殊的存在，在舞台上演出，更像是个“造梦”的过程。这次回到舞台演出，和大红老师、佩琦老师、韩老师和柏青哥演《英雄时代》，让我又回到了自己做演员的初心诞生的地方。

记得我刚上大学的时候，就经常看这些老戏骨们演戏。我在大学里看过大红老师的《生死场》，看过柏青哥的《狂飙》，那时候剧场里满满当当，我没有座位，就坐在走廊里看演出，如痴如醉。可以说我从小看他们的戏长大。

当知道这次《英雄时代》里能跟他们一起呈现一部作品的时候，我心里只有一个声音：“赶紧看看人家是怎么完成一个角色的。”这并不是谦虚，我在《英雄时代》的排练场看到他们时，和我刚上大学看到他们时的神情一模一样，他们在台上是放着光的。从他们身上能看到如何做一个演员，如何很有幸福感地沉浸在你选择的职业里。

“了解人，是演员的基本素养”

有人曾经说我是个“零人设演员”。我演过公安战士，演过皇帝，扮过音乐青年……我接的戏似乎都风格迥异，角色和角色之间的相似度也不高。很多人也问过我，有没有诀窍。其实在我眼里，我觉得

演哪个人物都没有什么小技巧可言，都是在熟读剧本、了解人物、了解导演和编剧的基础上进行的。要尽可能去表达真情实感，没有什么捷径。

就拿大红老师来说，他塑造人物会关注到人物的每一个细节。比如他在剧中饰演的魏海山，这样一个毒枭，会穿什么颜色的袜子，鞋带会怎么绑，他都会想得很仔细，把这些所有细节累积起来就是一个人物。我们现实生活中也是这样，看一个人的时候要从细节看，这是我从这些剧院的老演员身上学到的东西。如果不跟大红老师、佩琦老师、柏青哥、韩老师在一个组，也许我会觉得自己还行，一旦我跟他们在一个组之后，就会发现差别是巨大的。其实，最大的差别在于细节。对于人物的塑造，演员演技好不好，看的全是细节。

了解人，对演员的创作来说是最基本的。

以我自己为例。我在《英雄时代》演的角色是王二达。现在王二达这个角色在剧本里调整过，一开始剧本中的王二达的形象过于模式化，警察的职业属性会大于个人属性，因为他是领导，他是公安系统的代表，所以怎么把这个人物变得有血有肉就成了个难题。这个角色有大量下达命令、交代案情的剧情，占据了人物的大量篇幅，导致突显人物个性和人物情感的细节融不进来，这一直困扰着我们。后来大家反复讨论、排练，突然顿悟了一个道理：为什么非要演领导呢？要知道，大部分的英雄在成为英雄之前，都是普通人。警察是分很多种的，不是只有特警、排爆警冲在第一线的，在后勤或者管户籍这些普普通通的警察也都是警察。于是角色就有了调整，王二达变成了一个文职警察，一个坐办公室写材料的干警，到一个属地派出所当副所长，碰到突发事件，被绑架后，靠着智慧里应外合把位置信息传递出去，最后一起跟大家制伏歹徒。

这样一改动，王二达这个角色就有了成长。因为他从来没在一线干过，他从胆怯、犹豫走向坚定。在王二达身上体现出了《英雄时代》的一个中心思想：一个人在成为英雄之前就是个普通人，他也会害怕，可是之所以成为英雄，就是因为他在别人害怕的时候、他也害怕的时候，站在了所有人的前面。这样一来，反传统英雄的塑造方式，让这个人物多了几分亲切和真实。

所以我们创造王二达这个角色的过程，其实就是了解人的过程。

“演员的职业不是一台复印机”

这次《英雄时代》有个特别创新的地方，用了NT Live的拍摄方式。演员在面对“戏剧＋影视”的模式时，表演方法肯定有些不一样，会跟平时的戏剧表演、纯影视表演都有些差别。

在我看来，首先要相信导演，要给予团队特别大的信任感。我在拍戏之前，其实有过这样的经验，而且经验都是来自跟田沁鑫院长的合作。之前田沁鑫院长在《罗密欧与朱丽叶》中就曾经有过这样的尝试，然后就是《故事里的中国》和《典籍里的中国》。我跟田院长合作以后，我所有的表演尺寸都来自她。她告诉我：“光洁，这个地方你可以收一点，我们要拍的是非常细微的刻画。”

NT Live的戏剧表演，要的不是纯戏剧的表演，因为有机器的跟拍，摄像机视角的你与观众视角的你的人像比例是完全不一样的。在戏剧的大剧场里边，最后一排的观众看到舞台上的演员就只有你的手指头那么大小，观众几乎不能感受到演员表达的情绪。观众对故事的感受都是靠演员的个人魅力和舞台张力包括台词去完成的，没有任何辅助手段，所以戏剧表演会更加“放”。但也不要纯粹影视化地表演，纯影视化是写实的表演，写实的表演又过于“收”，在《英雄时代》这个偏向炫酷的舞美里就会格格不入，那么这个戏就不成立了。所以需要的是戏剧化的表演基础，但在某些特定的语句上或者行为上要去适应镜头，寻找一个收放自如中间的平衡。

本身我们从事的这个行业就是时间和空间的艺术，演员的职业不是一台复印机，不是重复你演过的角色，重复你表演的路数，要学会随机应变。

舞台于我，是个造梦的地方，我在这里学习，我也在这里成长。

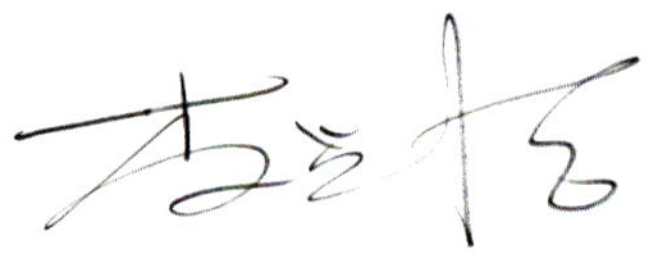

他是警察，也是一位父亲……

辛柏青

艺术创作需要不断打磨提升，作为国内为数不多的歌颂人民公安的原创话剧作品，《英雄时代》在创作之初也在不断修改、打磨提升。这部作品原本是以所长王二达与政委连清文为故事主线，然后穿插老干警、交警等公安系统群像的话剧。但是在排练过程中，当重大犯罪分子出现的时候，我们的表演大量都是指挥命令、交代案情的语言与行动。这样角色过于强调警察的职业属性，而没有将其当成一个有情感、有性格的活生生的“人”。这样的人物自然是不可信的，是不真实的。

无论是什么题材的作品，最重要的是塑造典型人物。我们在排练的时候重点是如何在情节中凸显人物：人物要有成长，要有性格，要有情感逻辑。经过与其他主创不断的商量研讨，我们豁然开朗，为什么非要演领导呢？公安系统的英雄就是一个个普普通通奋战在一线岗位上的公安干警。他们默默奉献，他们才是真正的英雄。于是，我们对剧本的人物及关系进行了新的调整。我改为饰演排爆特警组组长孟平，由于工作繁忙，他没时间陪伴女儿，导致父女之间产生了隔阂和误解。女儿甚至在作业中提到最喜欢的人是篮球明星，最讨厌的人却是自己的父亲。当南湖商场发生爆炸，得知女儿也在商场里时，孟平不顾自己的安危，脱下厚重的防弹服，独自趴在狭窄的管道中，拆除犯罪分子布置的重重炸弹。最后，他凭借着自己专业的排爆能力，及时拆除了魏海山在南湖商场设置的炸弹。通过这件事，也让女儿重新认识到父亲的伟大。

SWAT
特警
特警

当然，作为一名专业的排爆特警，我会有一些排爆动作戏。但我们不会把镜头去对准炸弹的型号，展示炸弹是如何引爆的又是如何拆除的这种技术细节。我们把矛盾聚焦到人物身上，瞄准人物在面临重大问题时做出了怎样艰难的抉择。剧中，孟平是可以穿着防爆服拆除炸弹的，但他却迎难而上，选择脱掉防弹服。这是一种选择，是他个人性格的展现，也是他个人内心坚定的体现。他知道女儿也在商场里，为了女儿的生命，他誓死也要拆除炸弹。最后，他成功拆除了商场里的炸弹，也解除了女儿对自己的误解，父女两人达成和解。一个专业技术过硬的警察形象，以及父女情深的父亲形象，就稳稳地立在了舞台之上。

《英雄时代》在国内首次采用“戏剧+影视”的创作模式，虽然是影视拍摄，但其仍然是一部话剧。影视化表演是写实的，而戏剧是假定空间，表演会更有张力。当然，在这部作品中我的表演不会跳脱出舞台，也不会采用纯影视化表演。因此我在表演上有所调整，仍然保持戏剧化的表演底色，在舞台表演的基础上，对某些细微的动作、情感进行更细腻的处理，以适应镜头呈现，在戏剧与影视表演中间寻求平衡。最后，希望孟平这个人物能得到观众的喜欢，感谢大家。

戏是慢慢揉在身体里的

刘晶晶

一

起初在排练场我们是按话剧的方式走戏的，突然在镜头前拍摄，就遇到表演尺度的问题和假定性的问题。刘佩琦老师演了一辈子戏，非常有经验，已经自成体系了。而我这几年很少拍戏，现在换到镜头前表演，有一些不太适应。

后来经过琢磨之后，我表演的成分少一点，尽量生活化一些，毕竟面对的是跳跃性的镜头语汇，演员的展现不能太过。

当然，影视拍摄和高清戏剧影像还是有区别的。之前话剧舞台不戴麦，表演相对还要放开一些，举手投足多一点变化。随着影视和舞台相结合，影视也发生了变化。以前我们演影视的时候，不觉得自己的表演会过，人家觉得你很有戏。但这两年影视的表演发生变化了，形体和表情越来越简洁了。这是时代在变化、在改革，我们要学习他们表演的方法和尺度，然后再运用到高清戏剧影像上。

二

主旋律的戏需要有很鲜明的形象，接地气的细腻表达，不能炫，必须真。这部剧也必须真诚，否则自己在戏里就格格不入了。

2019年我们去深圳辖区派出所采风，走了10多个所，发现公安系统的人非秃即白，他们的食堂特别好，但是饮食不固定，有任务的时候吃两口就走了，干活的时候后备厢常备一些巧克力、水、压缩饼，平时少不了熬夜。我看到一位副所长跟我同岁，头发全白了。还有一个所所长的血压220mmHg，睡眠不足，很辛苦。

我们也去广东采访过缉毒警，他们挺不容易的。尤其二三线地方的装备，跟大城市没法比。一个小车里坐了 10 个人，人挨人，车里连个空调都没有。我们就试着穿着他们的衣服去跑，特别累，路况也不好，颠簸得不行。

我觉得现在是时候要讴歌公安干警了，但主旋律怎么能好看一点，怎么能符合当下人的审美呢？我们要面向全部的观众，不仅是 60 后、70 后、80 后、90 后，我们需要有一个老少皆宜的剧。

三

我看剧本的时候，发现自己的角色戏剧性不够，于是向导演提议，能不能给这个角色赋予一些别的个性特征，比如练拳击。但我从来没练过拳击，于是就去北京体育学院找到陈超老师，找了一下武术的感觉。后来，我又请了一个拳击教练来帮我增加训练的强度。通常剧组下午一点半排练，上午我就跟老师打一个半小时拳击，提前寻找打拳击的感觉。

换句话说，我是一个比较笨的演员，比较轴，我必须要费功力琢磨透了，才能更仔细地去表现。这样工作自己心里有底，也不觉得过程辛苦。如果呈现好了，那是功夫不负有心人；即便没呈现好，我努力了，也不会有遗憾。

在拍拳击台上的打戏时，因为配合得少，前几次效果不好，最后一次就很默契。这个过程中会有进步，因为戏是慢慢揉在你身体里的，包括一些语言的感觉。跟着角色走就会更加细腻，舞台上需要一遍遍地演。但是，好的表演一定要稳住，这是一项能力。你要有能力把握住，不让它丢掉。

四

最后一场戏是胡筱娅给爸爸老胡点亮生日蜡烛。这里有一个小小的细节，我没有用火柴或者打火机去点，而是用另一根红色的蜡烛点燃蛋糕上的那根蜡烛。我想表达的是一种薪火相传的精神，因为胡筱娅终于理解了父亲身上所体现的人民至上的信仰。

这次能够和剧院非常优秀的艺术家合作很荣幸，从他们身上我学到了许多宝贵的表演经验。这也是我们中国国家话剧院优良的传统——薪火相传！

演员的角色体验

大部分男生在小的时候应该都有过想成为一名警察的梦想，即使没有，至少也会对警察崇敬有加。我小时候就是这样，到现在跟警察交流的时候都下意识地想叫“叔叔”。这次能有幸参演这样一部公安题材的戏也算是圆了我儿时的一个梦想了。我饰演的是一名人民警察，虽然警察在生活中经常能遇见，但是对警察的了解，其实并不多，在排练过程中会通过查阅资料、看纪录片以及跟真正的警察同志交流等方式尽量多地去了解警察这个职业的工作状态、工作流程、生活状态等以充实自己，让自己在表演中有所依据。了解得越多就会对我们的人民警察愈加崇敬。我很喜欢这部戏里面的一个角色“王二达”的一句台词，我觉得是对所有警察同志的一个很好的总结：“警察有很多种，但也只有一种，那就是保护人民。”

说回到创作，这部戏是以戏剧与影视拍摄相结合的形式呈现的，这种形式在全国也是第一次。我很荣幸参加这个戏，但同时也会有一些压力。表演既是在舞台上同时又呈现在镜头画面里，对于表演尺度的拿捏是演员需要多加考虑的。在与导演的充分沟通以及几位出色的表演艺术家的引领和带动下，我逐渐明确了这个戏的表演风格和分寸。

两个多月的排练和拍摄，很辛苦，也很快乐，希望我们这个戏能让观众对人民警察有一个更深入的了解，希望我们能把人民警察保护人民的这份初心传达给每一位观众。

——吴哲萱

《英雄时代》中“人质吴静”这个角色对我来说是一个意外惊喜，一直在精心准备亮母这个角色的我，在拍摄的前两个星期被突然告知角色换成了女人质。时间短、戏量增加、角色性格复杂，有挑战，但更多的是吸引力和兴奋，我开始了紧张的创作。

角色的变化先从外形做起，原本为老母亲留的头发去剪短了，人立刻显得年轻、利落，也开始节食减少饭量，之前想让自己显得有些年龄感的体重也要减掉些分量。拿着新出炉的剧本开始触摸“女人质”这个新角色，自己为角色设计了很多台词，设定这个人物的重点是必须要在这种特定的、有限的空间里展现出人质从被绑初期的紧张不安到中期的崩溃，再到后期积极思考自救方法的心理历程。排练的过程中有种畅快的感觉，扮演魏海山的倪大红老师是一位会琢磨戏的老演员，他设计了一开场就让警察王二达抱着炸弹，中途又假装摁了炸弹按钮的动作，这一系列动作对警察王二达和我（人质）都是强烈的刺激。演员之间就是互相刺激，互相搭梯子，借着倪大红老师的这个设计，我在惊慌失措地尖叫之后问王二达“你到底是不是个警察”时增加了除台词表面上的怀疑、不信任之外的惊恐和心底的激愤，让这个人物一下丰满起来，再到后面说到孩子需要自己照顾时情绪的崩溃就显得更有机了。

排练的机会并不多，但是刘佩琦、倪大红两位老戏骨，辛柏青和李光洁、刘晶晶，还有剧院其他演员，他们对角色的琢磨和设计让我很有启发，获益良多。期待在后面舞台版的排练中能够收获更多。

——吴祯

很荣幸能参与剧院由白皓天导演的高清影像话剧《英雄时代》的拍摄。这是一部具有开创性的、全新呈现的话剧作品，用话剧舞台的表现形式与镜头语言相结合，传达给观众新的感受与体验。对演员来讲，这也是一种全新的体验和挑战。演员需要用舞台表演和电影表演结合在一起的表演方式进行表达，当然，无论哪一种表达方式，最重要的都是要用心去感受真实的表达。我在剧中饰演杨老师这个角色，虽然戏份不多，但作为一个专业演员，我希望自己在有限的空间里尽可能地展现出一个不一样的、有生命力的、活灵活现的老师，而不是脸谱化的、没有灵魂的人物。

——**杨净淇**

非常荣幸参与剧院出品的首部NT Live高清影像话剧《英雄时代》的排练及拍摄。我在剧中饰演亮母。阿亮是一名小警察，刚入职没多久就在执行任务中不幸中枪被打成了植物人。亮母每天擦洗伺候着，她始终抱着积极乐观的心态照顾着卧床五年的儿子。她坚信儿子总有一天会醒来，会带她去实现没有完成的愿望，会继续义无反顾地做一名为人民服务的好警察！

——**宣依**

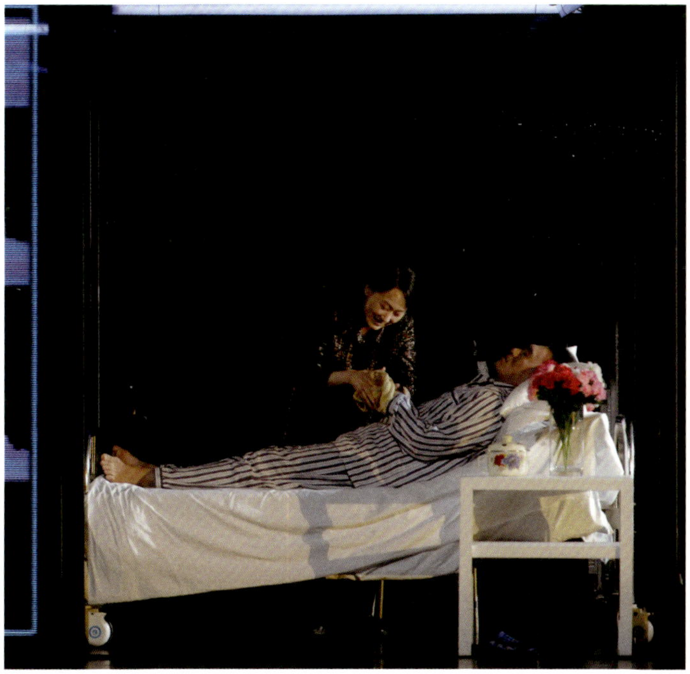

在话剧《英雄时代》中我饰演的是特警排爆组小李，这是我第一次饰演特警的角色，而且又是排爆组，我很激动。从排练中和网上资料中可以体会到特警排爆组的不容易，他们的精神是高度集中的，每一根线都承载着成千上万人的生命。队长穿着厚厚的防爆服，我们拿着各种各样的仪器在楼道和其他隐秘的地方排查，不放过每一个细微的地方。这种工作方式是隐秘的，既不能让老百姓有所察觉，也不能让敌人们发现。“年龄大的先上，有孩子的先上”是我们排爆组的精神，把所有安全的地方留给其他战友，把危险的地方留给我们自己。我们行动快一点，群众的安全就多一分；我们离炸弹近一点，群众就离危险远一点。每一次的排爆都是与死神博弈，我们要做的，就是在有限时间内做出有效的判断，果断出手，解除危险。

饰演排爆组的一员，我很荣幸，我体会到了他们的无畏，体会到了他们身上背负的使命和责任，向这些默默守护我们的英雄们致敬！

——宋显立

在这部戏中，我饰演特警支队排爆组赵成业这个角色。起初拿到这个角色，我是懵的状态，不知道如何下手进入这个角色。首先，我先看了大量的关于排爆的电影，对比了各个国家排爆队员排爆拆弹的状态，进行了模仿和摘用。然后，我又看了一些专业的拆弹分析和电路视频，想找一些灵感和丰富下自己排爆拆弹的理论知识。最后，结合剧本和对手排练。但是这一套下来，发现对于演这个角色来说有帮助，但是这个角色就变成了“一个没有态度只会拆弹的工具人”。每个拆弹的演员演的都一样，我和另一位搭档陷入了很长一段时间的纠结中。辛柏青老师饰演我们排爆组队长，他在排练的过程中帮助我们分析人物关系，加入人物特色，把我们排爆组三个人物完全区分开，既认真又轻松，让录制和演出很自如。

录制过程中，有两个细节让我记忆深刻。第一，在辛柏青老师饰演的孟平队长脱下防爆服进入管道时，柏青老师特意给我加了一个表演细节，他说：“广滨，等下你跟我说完台词后，把你的手电递给我，因为我脱掉排爆服已经没有手电了，这样可以体现我们之间的默契。”第二，白皓天导演临时给我加了句台词，让我看着孟平队长脱下防爆服钻进管道拆弹的瞬间歇斯底里地喊出“孟队！”导演说：“你们在角色中亦师亦友，脱掉防爆服进入管道拆弹，对于角色中的你们来说就是生离死别。”我感受到导演的意思，当我在规定情境中喊出“孟队！”时，眼泪一直在眼眶打转。导演和柏青老师给我加的细节，让我演的这个角色更饱满，更有血有肉。

剧中有特警、片警、交警、骑警等，让我对中国人民警察有了更加崇高的敬意。脱掉警服他们是儿女、是孩子、是父母，穿上警服他们就是战士。正因为他们有舍小家为大家的精神，有甘于奉献敢于向前的精神，才有了我们祖国的国泰民安。作为一名演员可以饰演这个角色是一种荣誉。

作为剧院的青年演员，能参与到这部戏是幸运的。和这么多位剧院有名气、有实力的老戏骨搭戏不仅是学习和提高，更是一种荣誉。导演一直在强调“薪火相传”，其实不光是角色，更是老一辈们对于我们年轻演员的薪火相传，他们毫无保留地帮助我们演戏，传授我们经验。作为中国国家话剧院的演员，作为《英雄时代》剧组的演员，我是光荣的。

——王广滨

首先非常感谢剧院、感谢导演让我能有机会去饰演一名警察。因为我的父母都曾经是军人，所以从小我对警察这个职业一直是充满崇拜和敬佩的，这次能有机会去饰演一名骑警，我觉得我是非常幸运的。

对于这个角色，我想说的更多是感谢。感谢这个角色的到来，让我能有机会去了解和体验警察的工作与生活。以往大家印象中的警察总是穿着帅气的警服，在面对警情时临危不乱，永远挡在人民群众的前面，他们的形象在我们心中永远是光辉、高大的。但往往大家会忽略了，他们也为人父母、为人儿女，他们也会害怕，也会流泪……可从他们选择了这个职业的那一刻，他们就必须坚强、必须勇敢。

我们希望通过这部戏，让更多的人能够知道，我们今天的岁月静好，是因为有无数的时代英雄在替我们负重前行，在默默地守护我们，保护着我们国家和人民的安全。他们才是这个时代的偶像。向人民警察致敬！

——田鸽

在《英雄时代》中我饰演的是排爆警察孟平的女儿——孟宇楠。她是一位正处在叛逆期的小女孩，由于父亲工作忙碌，而对父亲心生埋怨。可她忽略了一点：正是因为有了父亲的默默付出，才保住了无数人的生命。每当听到剧中父亲的那句台词：“如果因为今天排爆没成功她讨厌我，也不是一件坏事，总比她爱我、离不开我强。”我真想穿越时空，告诉剧中的她：“抱抱你可爱的爸爸吧！你的爸爸作为一名人民警察，身上肩负着重任；而作为一名父亲，他对你的爱简单又深沉。”

这部戏让我们看到了人民警察都是活生生、有血有肉的人，他们也会害怕，也会有所顾虑，可是当他们头顶国徽、身着警服面对危险时便无所畏惧，始终把人民的利益放在第一位。当那句响亮的“我们是中国人民警察！”响彻整个舞台时，所有人热泪盈眶。感谢人民警察和那些背后默默支持他们的家属们！

——刘宁宁

话剧《英雄时代》是一部展现警察工作和生活的原创话剧，讴歌了新时代警察可歌可泣的英雄故事。新时代、新警察、新形象，穿上警服是人民的守护者，脱下警服他们和我们一样，都是有血有肉的人，是家人、朋友、恋人，是我们总能看见却总会忽略甚至忘记他们存在意义的人，他们平凡而伟大，他们默默奉献而不求回报。

这次我在剧中饰演的是交警这条人物线里女交警白鸽的男朋友周乐，一个因向女友求婚而被拒绝的“哭笑男友”，有些无理取闹，有些幼稚孩子气，但这一切都是因为他对女友痴痴的爱。他不懂女友为何如此热爱自己的这份工作，他只想让女友跟他过属于他们自己的好日子，安稳、快乐、简单的日子。周乐认为幸福人生就是有房、有车、有家人、有孩子，这才是人生该有的梦想。但女友鸽子并不赞同，她热爱交警这份工作，不怕辛苦不怕累，做一名交警是她一直以来的梦想。虽然周乐的人生观、价值观和鸽子的有些格格不入，但这并不阻挡周乐对鸽子的感情。

虽然周乐的戏份在剧中展现的篇幅很少，并没有交代足够多的人物背景与角色构建，但在和导演排练的过程中，我渐渐清晰了周乐的人物设定，他是一个教师，教音乐的中学教师，在外人眼中，是一个很不错的男人，虽然有缺点，例如敏感脆弱、多愁善感、爱哭易怒，但他对爱情执着，对生活知足，对未来憧憬，对工作认真，是一个难能可贵的好男人。排练的时候，导演曾赋予这个角色一句话，叫“爱上谁不好，爱上个女交警”，这也说明了周乐对女友最大的烦恼和纠结就是她的工作，但即使如此，对他而言，喜欢一个人亦胜过一切。

周乐曾对鸽子说过，“我就不明白了，你的工作有什么好的？风吹日晒、起早贪黑，连个正常节假日都没有。大暴雨你出勤、下冰雹你出勤、刮台风你出勤，该在家窝着的时候，你都得出勤，你到底图什么啊？”他的话也表明了人们对交警以及这个职业的普遍看法，在人们眼里，交通警察是一个很平凡且辛苦的工作岗位，但正因为他们，才有了城市的交通安全，有了千千万万个家庭的幸福。

——张津赫

在《英雄时代》中，我饰演一名视频研判岗的警员，主要工作是利用音视频线索，通过技术手段追踪犯罪嫌疑人，进而配合一线警员将其绳之以法。

我自己一直非常敬佩人民警察，对这一职业也有着很深的好奇和向往。首次挑战警察这一角色，也多方面做了功课。尽管有一定的思想准备，但拍摄到一些震撼感人的场面还是令我激动亢奋！没有警察就没有我们现在安定和谐的生活，他们平凡而伟大，他们是最具奉献精神的英雄群体！希望通过我们这部高清影像话剧《英雄时代》，大家对人民警察有一个更深的了解，同时也向人民警察致敬！他们是我们这个时代真正的英雄！

——王倩妮

如果说人民解放军是中国的利盾，那么，中国人民警察，一定是中国人民的贴身铠甲。现代中国已经进入了一个和平的时代，但是英雄的传承却从未停止。我们周围涌现出了很多戍边英雄、科技楷模，还有很多默默奉献在维护治安一线的警察英雄。可以说，这是一个英雄的时代。很荣幸，我参与创排话剧《英雄时代》。

我饰演的是一名交警。此前，我对交警非常崇敬。他们不只要经历风吹日晒雨淋，而且在出现交通突发状况的时候还要冷静、果断地处置问题。《英雄时代》的排练中，交警用到的高科技设备是我之前闻所未闻的。这深深震撼了我，而更震撼我的是剧情中警察们所面临的危险。在现实生活中，一些警察遇到的危险与考验，是有过之而无不及的。所以，参演《英雄时代》，不只是我一次应认真完成的工作，更是对默默无闻的众多警察的致敬。

——刘子郁

蛋糕李师傅做得一手好甜品，在南湖商场里最明显、最瞩目的位置开了一家蛋糕甜品店——N度生活，凭借一手好蛋糕甜品烘焙制作技术赢得了好多顾客的喜爱。不管是他做的蛋糕甜品还是他的服务态度总是让顾客十分满意，吃到嘴里的甜品甜在嘴里，更甜在心里，因此大家给他起了个绰号“心甜李”。他在南湖商场以及周边地区小有名气，也有了好多的老主顾、回头客，这其中就包括交警支队的胡筱娅。胡筱娅每年都会来找我饰演的李师傅给她父亲做蛋糕，尺寸、款式、文字都是一样的，因此“心甜李”很熟悉胡筱娅的要求，并和她成了朋友。

胡筱娅的父亲老胡——胡安全是这条街的民警，在这里从警几十年，对这条街很熟悉，当然这条街的居民对老胡也是很熟悉。“心甜李”认识这对父女很多年了，他很喜欢这对父女，也很感激他们。因为老胡几十年兢兢业业把这条街、这个商场治理得非常安全，筱娅也勤勤恳恳把这里的交通管理得井井有条，正是因为有了许许多多像他们这样的一线民警、交警，这个地区才足够安全、足够和谐，“心甜李”的生意才足够好，他的“N度生活”蛋糕甜品事业才得以继续红火。

今天，又到了老胡的生日，胡筱娅依旧来买蛋糕。“心甜李”按照老样子给老胡制作蛋糕，恰巧老胡这时出现在了“心甜李”面前，胡筱娅有些意外，看得出老胡对过生日吃蛋糕这个本该高兴的事情却极力反对。“心甜李”看着这对父女斗嘴吵架，觉得他们依然可爱可敬，有条不紊地做着手里的蛋糕。然而，蛋糕没做完，胡筱娅就急忙走了，老胡也被同事急忙叫走，“心甜李”觉得气氛有些异常，一时不知所措。殊不知，“心甜李”所在的南湖商场马上就将要成为人间地狱，他和老胡这个意外匆忙碰面将会成为最后一面，他手中正在制作的是给老胡的最后一个蛋糕。

——李北

从来没想过自己在舞台上可以饰演警察的角色，在接到排练通知的时候我兴奋不已。但更没想到还会在众多警察的角色中扮演一名小偷，还有一场动作戏。排练之余，我看了很多影视作品，想从中获取一些警察制服小偷的镜头，来确定如何配合大家演好这场戏。但是直到排到我们这场戏时，我才发现警察并没有影视作品中“耍帅”的样子，他们对待犯罪分子更是稳、准、狠，一招制敌。这让我对警察的形象有了重新的认识。我更是从警察的对立面上体会到了那些奋斗在一线，维护人民生命财产安全的人民警察的高大。经过长达几个月的排练，我看到了人民警察柔软的一面，他们对犯罪分子绝对严惩不贷，而面对自己的家里人时，他们和生活中的普通人一样，也有生活中的烦恼，也有温柔似水的一面。这让警察的形象在我的心中更加高大了。我没有机会从事警察这个职业，但是在舞台上希望我能将人民警察的形象塑造好。

——袁硕

我在《英雄时代》中饰演了一位普通的警员。就像很多男孩在小时候都有一个警察梦一样，我小时候也有一个警察梦，只是很荣幸地在这部戏中实现了儿时的梦想。这部戏从围读剧本，到下地排练以及正式演出，历经了两个多月的时间，在这个过程中我看到了主演老师们在塑造角色上下了很多功夫，这是我们年轻演员应该学习的。通过与他们的合作，我汲取了很多营养。《英雄时代》反映出了许多公安干警的真实生活，穿上警服他们是人民警察，是保护我们的英雄，脱下警服他们也是普通的老百姓、是父母、是儿女，向他们致敬！

——盛业辉

我在剧中扮演的是一个商场舞者。能接到这个角色，对于我来说很幸运，虽然只有短短的几句台词，但是作为一个承上启下的角色，该怎么样把他演出彩，我也思考了很久。很荣幸，在戏中我有一场与刘佩琦老师合作的戏。剧中，我在商场里被刘佩琦老师拍了一下，不耐烦地回头。这么一个简单动作如何来表现，我思考了多次。在佩琦老师的耐心指导下，我由跳完舞的兴奋开心变到被拍一下的不耐烦，再变到看到警察的紧张，然后离开。短短的一段戏让我收获颇多，要把戏演得有意思，没有小角色，只有小演员。

——邵航宇

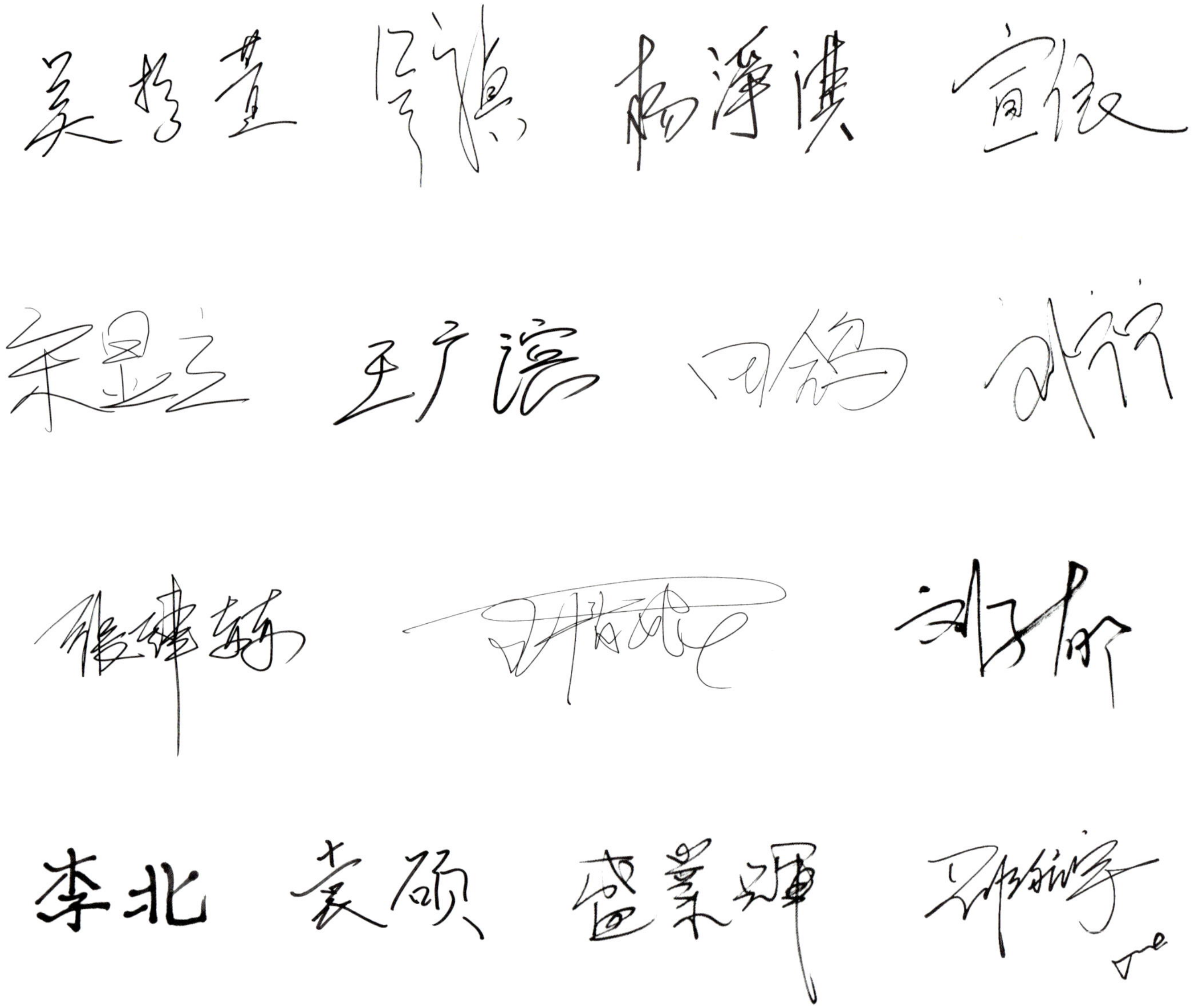

影像叙事：52张图片讲述英雄故事

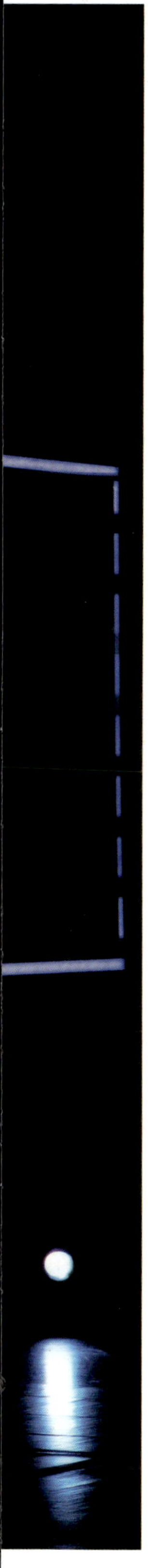

孟平在警局连续值守多日，无暇顾及女儿，班主任杨老师到警局找孟平谈话。

女儿在作文中写道：“最讨厌的人是——孟平。”

忙碌的警察局，
魏海山给警局打电话，称要炸掉一个商场，给自己赔命。

SWAT
特警

老民警胡安全到拳击馆看女儿胡筱娅训练，
父女两人联手擒拿正在行窃的小偷。

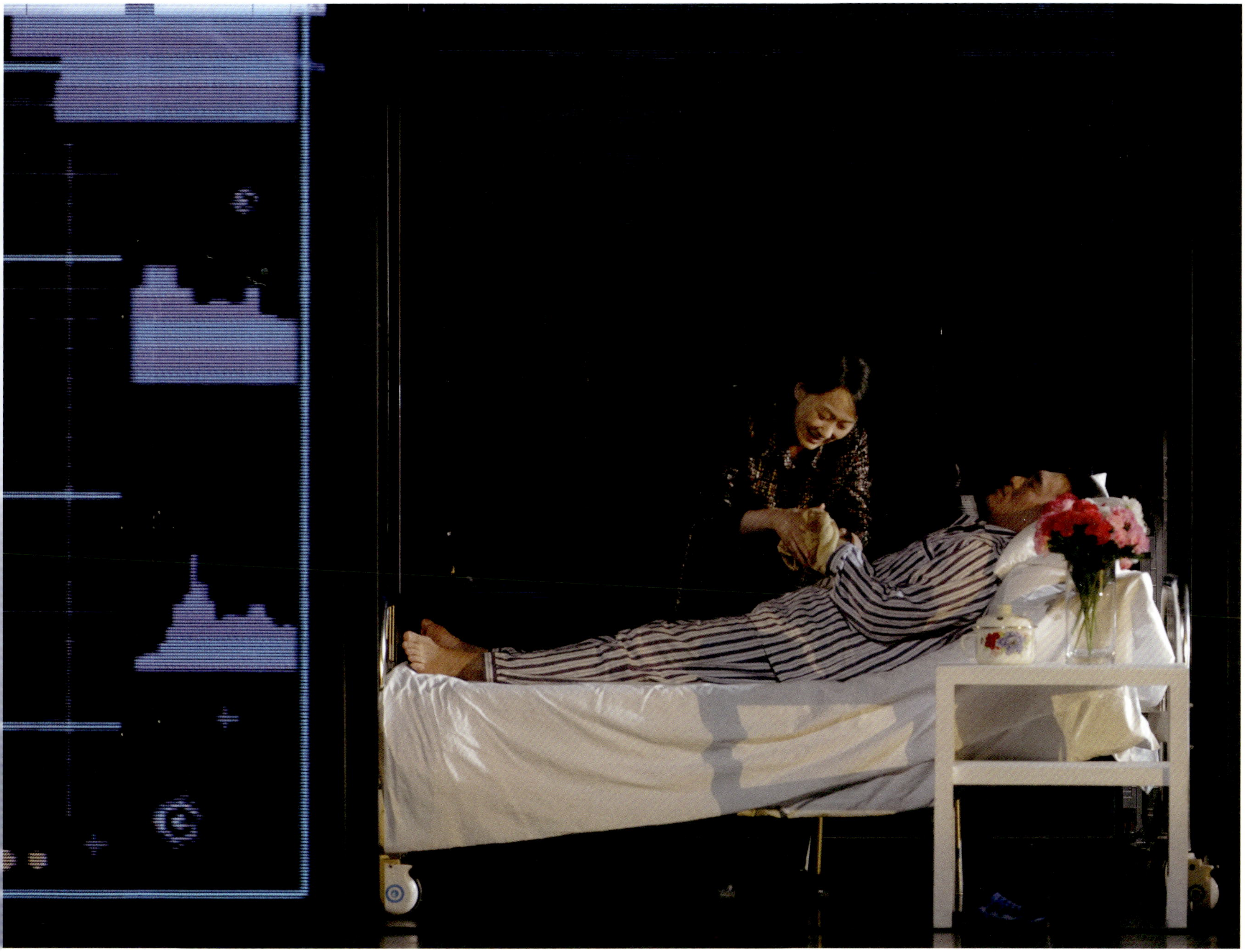

五年前，警察阿亮为制服毒贩魏海山身体被子弹打穿而成为植物人，亮母在他床边一直悉心照顾……

A
D
B
3213

大数据监测到魏海山在南湖商场，他掌控着商场的人数，当人数少于3000人时，埋藏在商场的炸弹就会爆炸。

POLICE
035119

老胡带着王二达前往南湖商场，
寻找魏海山为阿亮报仇。

王二达找到魏海山绑架人质的藏身地，
却被魏海山偷袭敲晕。

PEN

南湖商场热闹非凡。
胡筱娅正在为老胡买生日蛋糕，两人同时接到紧急电话。

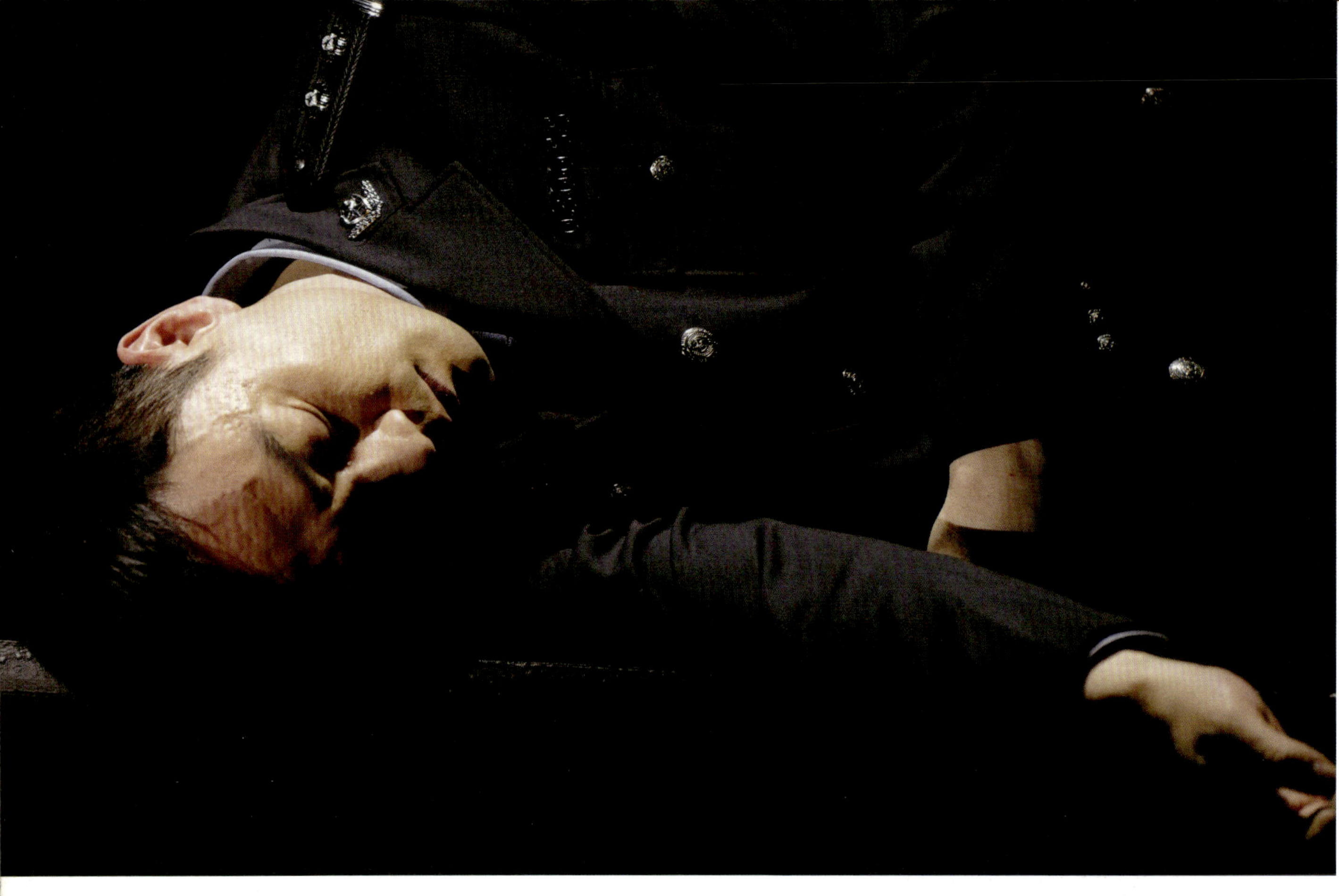

孟平带着排爆组出动。
排爆组穿防爆服，用设备搜寻炸弹。

特警

特警

排爆机器人在商场排查。
孟平穿防爆服，排查炸弹。

BEER REPUB

周乐在 KTV 里，准备向女交警鸽子求婚。
鸽子接到电话，紧急换好服装赶往单位出警。

POLICE

女人质戴着手铐，
王二达抱着炸弹坐在地上。

魏海山给王二达和人质
演示如何装炸弹。

排爆口太小，机器进不去，孟平不顾自己
的性命，执意脱下防爆服只身排爆。

魏海山让王二达与老胡连线，
王二达借机传递他们的藏身处。

当晚有烟花表演，商场附近最高峰会有 8 万人，
胡筱娅带着交警疏导南湖商场周围堵塞的交通……

胡安全向郑局申请前去与魏海山谈判。

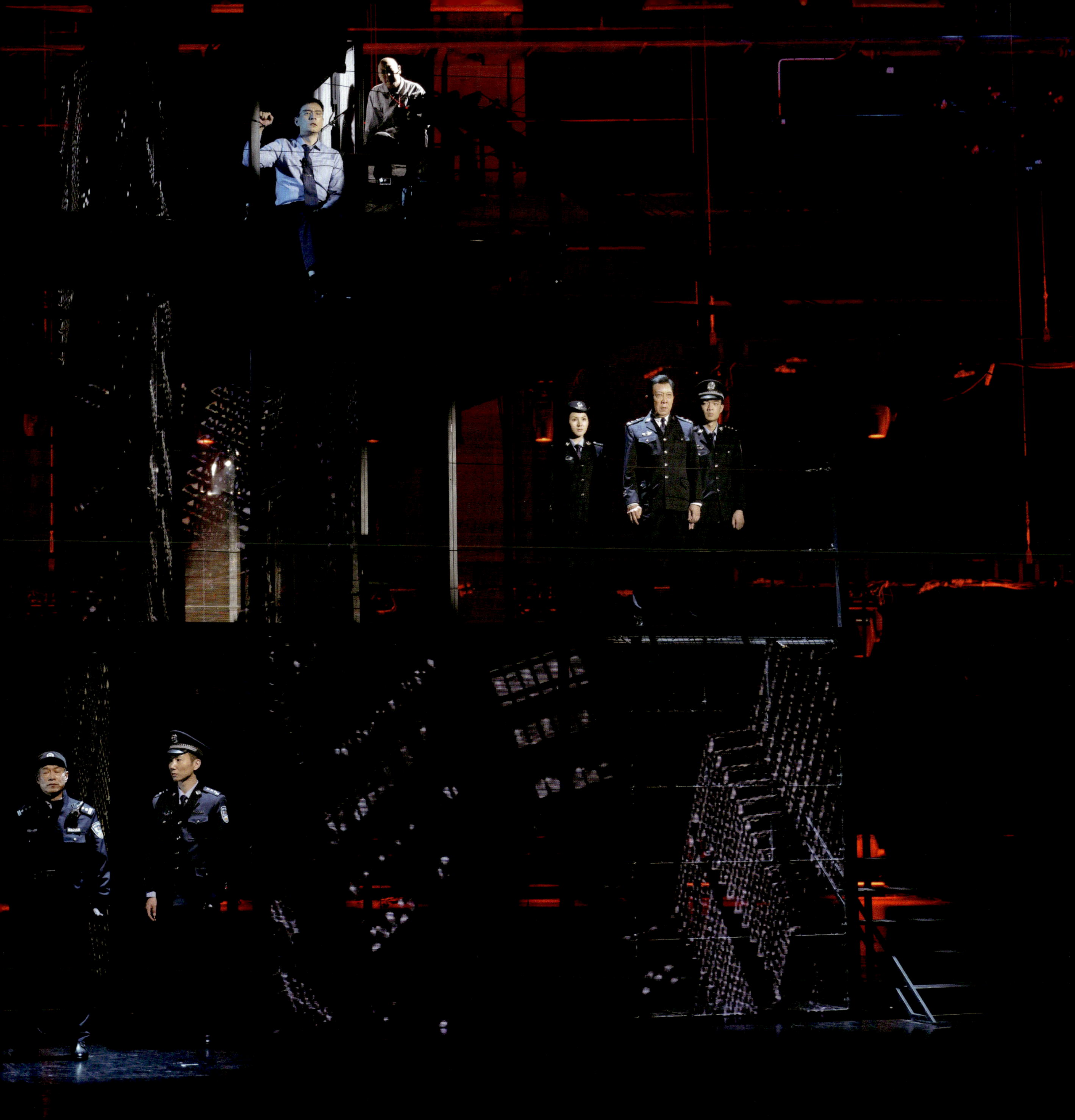

胡安全找到人质。

035119

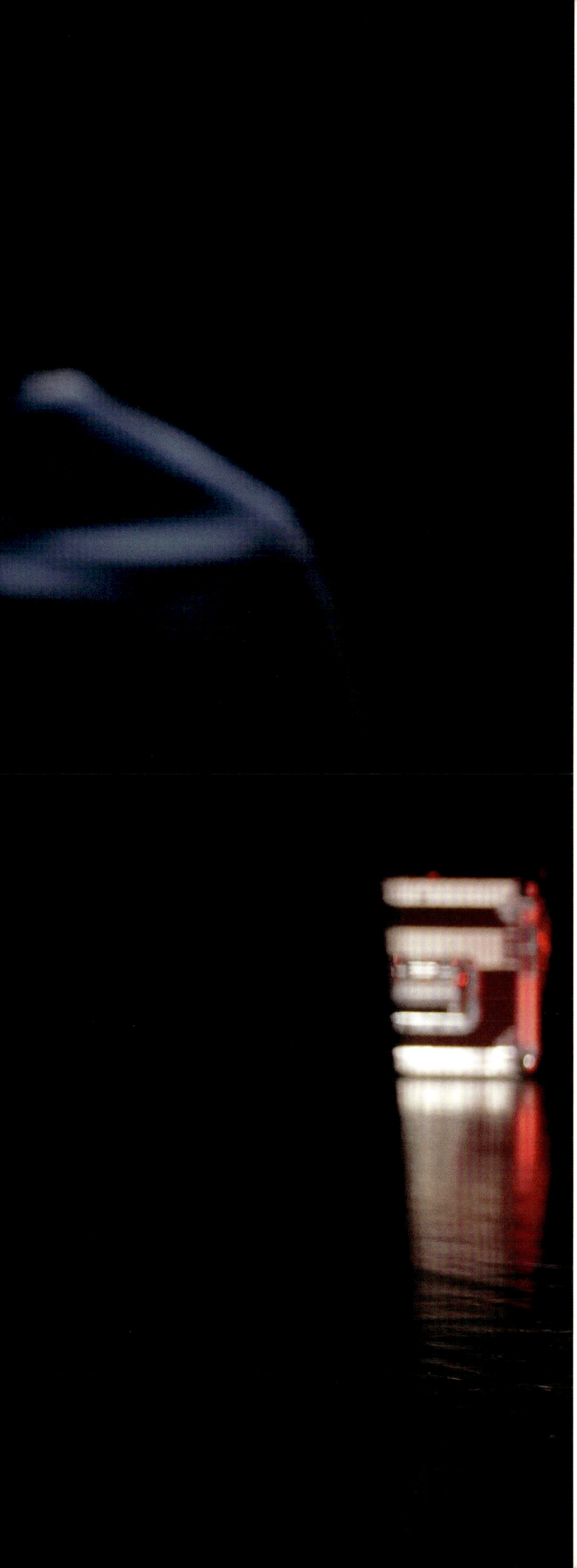

为给孟平争取更多的排爆时间，胡安全与魏海山喝酒叙旧，回忆起五年前……

LICE

BERFELDY
SINGLE MALT
WHISKY
POLICE

孟平成功拆除炸弹。

胡安全告诉魏海山，商场的百姓已经全部换成了人民警察，众人纷纷报出自己的警号。

魏海山亮出绑在自己身上的炸弹，
要与他们同归于尽。

3014

胡安全扑向魏海山，用身体扑向
最后一颗炸弹……

胡筱娅为胡安全点上了生日蜡烛……

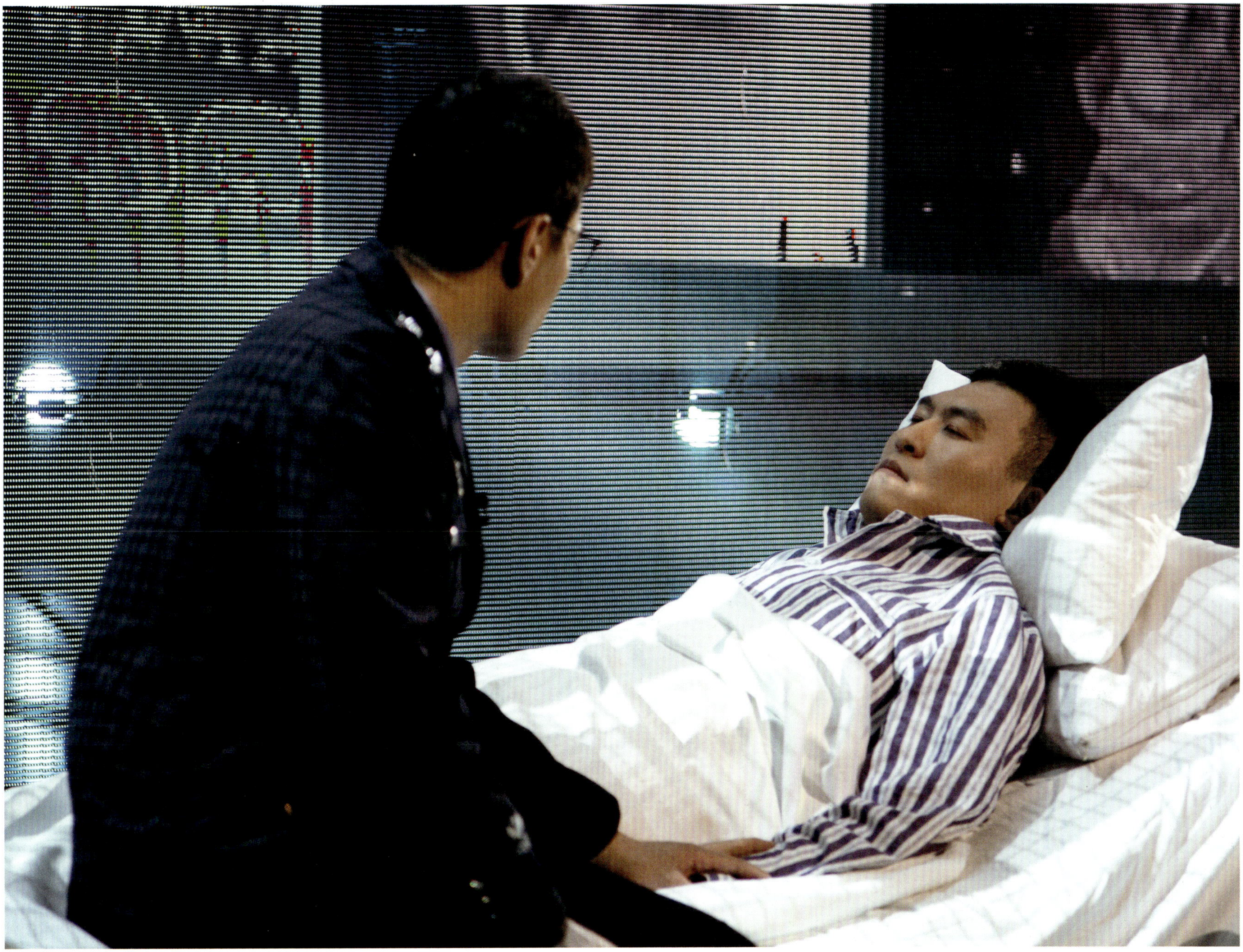

王二达告诉阿亮：“师父给你报仇了！”

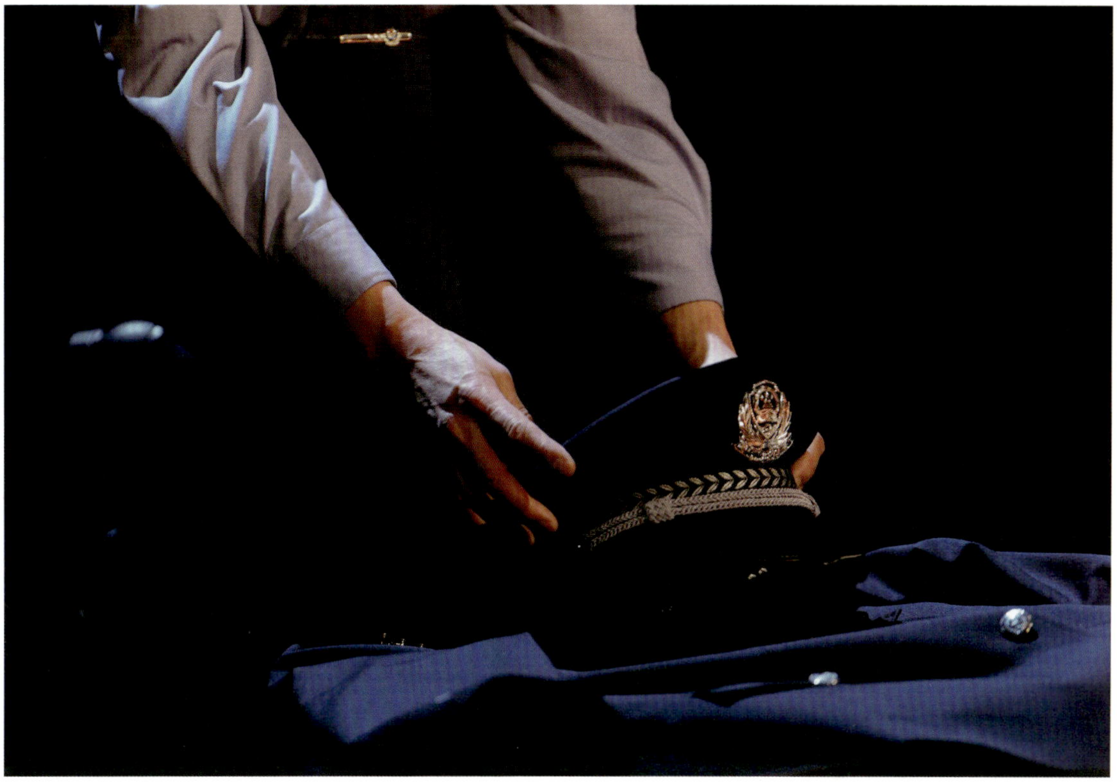

胡安全将叠得整整齐齐的警服、警帽端端正正地放在蛋糕旁，用生命致以崇高的敬礼。

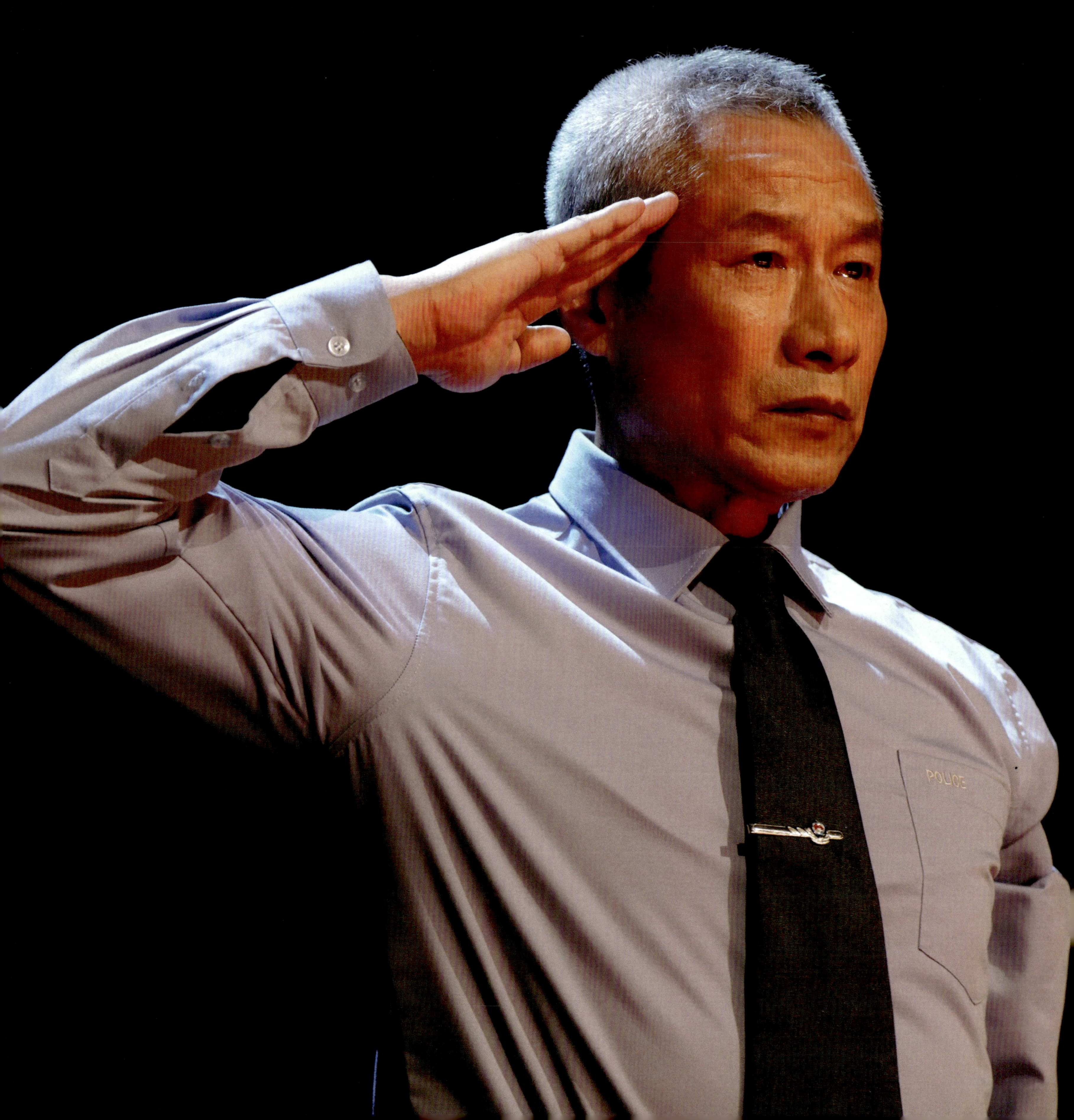
POLICE

谢幕

大合影

本书根据爱奇艺云影院独家播出的影像版编辑成册，以实际播出为准。图片摄影：塔苏 刘子郁